아라베스크

아라베스크

권태철 시집

이담북스

김명구 형에게

참고의 말

새, 뱀, 나무, 꽃, 균열, 혼, 품, 소실점, 지평선, 이명, 사막, 시
간, 추상, 구상, 我, 他, 神, 形, 幻, 乾, 濕 등의 이미지를 엮어
주관과 객관에 대해 생각해 보았다.

차례

I

시
와
그
림

我는 주관이고, 객관은 脫我다. 我는 흐려지면 객관이고, 진해지면 주관이다. 고래 꼬리 같은 은행잎을 가득 품고 있는 나무. 바다 같은 나무. 자맥질하는 고래들. 저 나무를 보는 나는 나로 꽉 찬 주관이다. [1]

주관의 영역으로 들어오면 나를 자극해 감각이 생기고, 나가면 무감각해진다. 저 객관은 나 없는 먼 무감각이다. 他다. 감각만이 我다. 하여 이성은 내 안의 他다. [2]

감각은 꽃 피어남이다. 빅뱅. 감각은 觸의 폭발이고, 폭발은 방향을 만들어, 비가역의 수순을 세운다. 수순은 기억이 되고, 또 我가 된다. 감각이란 我의 현현인 거다. … 이성은? 神, 神적 잠재다. [3]

손으로 해를 가린다. 주관에선 작은 변화도 크게 보이고, 객관에선 큰 변화도 작게 보인다. 그건 나에게 미치는 영향의 차이 때문이다. 잘 알고 모르고의 차이, 그게 원근법의 본질이다. 본다, 나를 지렛대 삼아 세상이 내게로 굽는다. [4]

주관은 의미화. 객관은 무의미. 주관은 有. 객관은 無. 원근법, 지평선, 大小 등의 차별이 유의미를 만든다. 똑같음은 무의미다. 없음이다. 무한이다. 유한만이 유의미다. 나의 한계가 의미(세계)를 만든다. [5]

나무를 보면 내가 솟는다. 생각이 솟는다. 我는 우주와의 분리다. 경계의 출현. 합일은 평온이고, 분리는 불안이다. 하여 我는 우주의 품 밖으로 쫓겨나는 것이다. 我는 일종의 선악과다. 我는 고락을 춤추며, 주관의, 광대 세계를 연다. [6]

가을, 팔과 팔을 벌린 포옹의 은행나무. 가지마다 하늘이 고여, 웃는 품이다. 노랑 범벅이 불처럼 탄다. 삶이 불탄다. 존재가 뜨겁다. 혼 같다. 낯섦으로 쭈뼛한 저 혼. 내 혼. 하나의 혼. 색은 형상의 혼이다. [7]

가을 나무는 땅의 혼이다. 하여 불타듯 솟는다. 솟아 하늘의 눈 혹은 이글이글한 입을 향해 돌진한다. 소통. 로고스. 정신! 땅이 한 생의 넋을 분출하고 있다. 색은 그 뜨거움의 증거다. 통찰의 증거다. 색은 我다. [8]

나무는 들린다. 가지는 바이올린 선율이고, 이파리는 피아노의 점점이다. 노랑이 짙어감에 따라, 점점의 이파리 음이 가지에 얹혀, 색깔이 혼처럼 들린다. 나무에 재즈가 회오리치는 뱀처럼 감긴다. 나무는 온통 들리는 뱀이다. … 들리는 뱀은 날개 달린 뱀. 그건 귀고리 같은 선율. 선율은 순서고, 순서는 뱀이다. 시간은 뱀이다. [9]

소리는 무의미한 객관이다. 거기에 뜻이 더해지면 음악이 된
다. 음악은 주관이다. 음악은 북돋우는 감정의 확산이다. 하
여 혼을 부른다. 반복과 변주라는 리드미컬한 주술이, 건조
한 소리를 촉촉한 품으로 만든다. 음악은 비다. 음악은 소리
의 혼이다. [10]

나무는 품이다. 그곳은 허공으로 팔을 벌린 어머니의 공간으
로, 뜻으로 요동치는 주관의 공간이기도 하다. 또 온갖 소리
가 색깔로 나타난 음악의 공간이요, 다양한 형상이 꽃비처럼
날리는 화엄의 공간이다. 하여 빈다. [11]

완전한데도 시간이 흐를까? 완전하면 영원할 거다. 정지. 완
전함이 붕괴하면 시간이 된다. 변화가 된다. 불완전이 시간
을 낳는 거다. 그 불안정한 시간을 나무라는 우산이 막고 있
다. 하여 나무 밖은 차가워도, 안은 뜨겁다. 나무는 품, 주관
의 공간인 거다. [12]

구축과 붕괴. 빨리 움직일수록 불완전하다. 안정은 느리고, 불안정은 빠르다. 구축은 느리고, 붕괴는 빠르다. 가까이 흔들리는 '요' 잎과 멀리 견고한 '저' 마천루. 객관은 세계의 구축이고, 주관은 我의 변덕 혹은 他의 붕괴다. [13]

품은 따뜻한 찰기의 선율들이 고인, 교향곡의 공간이다. 품은 안정된 곳으로, 시간조차 똬리 튼 뱀처럼 둥글게 고여 든다. 그리고 形. 품은 온갖 화음으로 꽃송이처럼 고립된, 콘서트장과 같다. 품은 외딴 섬이다. [14]

시간이 똬리 틀면 형상이 된다. 시간이 꼬여 뭉친 것이 형상이다. 시간은 모든 윤곽 안에 착 고여 들어 유한을 만든다. 그 유한이 세상 色과 形의 원천이다. 有의 원천이다. 무한은 없음이다. … 잠재는 완전이요, 구현은 불완전이다. 구현의 본질은 비틀린 윤곽이다. 구현은 뙇 본디를 향해 변화하고 흐르는데, 그게 시간이다. [15]

14

품은 혼의 터다. 품은 안의 들끓음으로 혼을 낳고 키운다. 품에선 얇은 경계들이 촘촘히 융합돼 풍성한 입체로 거듭난다. 알, 形, 부화. 품은 잠재를 현현시키는 현상화의 곳이다. 품은 흙조차 팔색조의 혼으로 바꾼다. 푸드덕 새가 난다. 추상이 구상을 낳는다. 품은 주관의 터다. [16]

나무, 보고 보며 본다. 주관은 내가 많아지는 것. 하여 뜨거워지는 것. 불타는 것. 불타 혼이 되는 것. 주관은 나와 가까워 뜨겁고, 객관은 멀어 차갑다. 주관은 뜨거워 혼을 낳고, 객관은 차가워 물질이 된다. 본다, 곳곳이 나로 불탄다. 세계는 불이다. [17]

나는 뜨겁고, 저들은 차갑다. 나는 크고, 저들은 작다. 뜨거움과 커짐은 주관의 지표다. 증거다. 주관은 크고, 객관은 작다. 내 작은 눈물이 저 큰 우주를 악어처럼 삼킨다. 운다, 감정은 극한의 왜곡이다. 울면, 난 거인이다. [18]

본다. 나는 균열이다. 나로부터 멀어지고 가까워짐이 세계를 이리저리 갈라, 나무 닮은 균열의 공간을 만든다. 이 파노라마. 원근법이라는 視의 세계수! 응시하는 나는 神 같은 균열자다. 본다, 보면 난 중심이다. [19]

본다. 나로부터 세계가 갈라져 간다. 난 관념의 씨앗, 싹. 난 나무처럼 분기되며 사방팔방 뻗어 간다. 나의 균열이 이 세계다. 나의 주관이 이 우주다. 우주는 내 관념의 결과다. [20]

원근법은 소실점이라는 씨앗으로부터 가지가 뻗고 形이라는 이파리가 돋아난 나무와 같다. 그건 세계의 균열이요, 전개다. 세계수다. 소실점에서 나오는 것은 인과 관계라는 작용의 팔인데, 그 사슬의 뱀이 연계의 세계를 만든다. [21]

형상이 없으면 원근법도 없다. 망망대해. 형상이 없으면
我도 없고, 주관과 객관도 없다. 왜곡이 없다. 하여 볼 수 없
다. 추상적이고, 관념적이다. 반면 이 도시엔 我, 我만이 득
실하여 온통 大小의 탐(貪)으로 보인다. [22]

소실점은 형상을 쏟아내는 빅뱅과 같다. 그건 삼차원에서 이
차원으로의 차원 축소에 기인한 시각적 왜곡으로, 사실이 아
닌 환상이다. 주관이다. 소실점은 명백히 보이지만 실제론
없다, 이 우주처럼. 매듭 없는 실제를 왜곡하면 매듭이 나타
나고, 없던 시작점도 생겨나는데, 神까지도 나타난다. 소실
점은 공간의 매듭이다. [23]

빅뱅의 소실점은 시간의 원근법을 그린다. 과거는 작고, 현
재는 크다. 과거는 객관이고, 현재는 뜨거운 주관이다. 과거
는 구현된 구상으로, 미래는 잠재된 추상으로 존재한다. 그
경계에 현재라는 무지갯빛 막이 있다. 色은 현재에의 증거
요 我다. … 근데 잠재된 추상은 왜 구체적 형태로 계속 구현
되고 있는 걸까? 我 때문. [24]

품의 반대편에 소실점이 있다. 품은 뭐든 확대하여 생성시키고, 소실점은 압축하여 소멸시킨다. 품은 생명, 소실점은 죽음이다. 품은 형상들로 가득 찬 我를 낳고, 소실점은 無의 脫我가 된다. [25]

소실점은 주머니와 같아 먼 객관을 그 안에 넣는다. 하여 소실점이 있으면 주관만 남는다. 나. 他조차도 실은 나로 인함이다. 별의 視, 별 같은 소실점. 소실점을 잡으려 소실점을 향해 걷는다. 멀어진다. 소실점은 실체 없는, 我의 幻이다. [26]

소실점은 단추와 같아, 누르면 입체의 주관이 튀어나온다. 입체 카드 같다. 홀로그램 같다. 나를 중심으로 한 이 병풍의 세계. 내 눈의 원뿔 광. 원근법적 틀. 풍경은 견고한 객관 같지만 실은 주관적 환상이다. 가짜다. 하여 나를 지우면 세상도 다 지워진다. [27]

무성한 풀밭이 객관이라면, 그 안의 한 송이 양귀비꽃은 주관이다. 붉음! 보면, 풀은 사라지고 꽃만 남는다. 풀은 멀어져 소실점이 되고, 꽃은 가까워져 품이 된다. 요 솟음, 붉은 웃음, 我. 주관은 有요, 객관은 無다. [28]

소실점 주변으론 선이 모이고, 품(我) 주변엔 면이 많다. 선은 줄기를 닮은 흐름이 되고, 면은 꽃을 닮은 생성이 된다. 소실점은 뱀의 모양이고, 품은 새의 모양이다. 소실점엔 째깍째깍 시간이 있고, 품엔 영원할 것 같은 만끽이 있다. [29]

나와 가까운 것은 커지고, 먼 것은 작아진다. 소실점으로 사라지는 것은 나완 관계가 먼 것들이다. 서늘하고 냉담한 객관들 말이다. 하여 세상은 좀 더 단순해진다. 누구에게나 세상은 내 주변 '나' 위주의 주관이다. 저 먼 것은 가능성만으로 잠재한다. [30]

객관을 볼 수 있을까? 보이는 것은 주관뿐이다. 我에 의해 왜곡된 것만을 우린 볼 수 있다. 객관은 무형의 추상적 관념이다. … 원근법은 볼록거울과 같다. 가까운 것은 크게, 먼 것은 작게, 아주 먼 것은 사라지게. 직선의 뻗침과 형태의 왜곡. 원근법은 주관의 시각화다. … 객관은 원근법 저 너머에 있다. 객관은 盲이고, 주관은 視다. [31]

지구처럼 구 모양으로 휜 공간은 볼록거울과 같아 어디서나 我 위주의 주관의 공간이 된다. 모두, 난 중심이다. … 볼록거울은 나는 커지고 배경은 작아지는, 我의 視다. 오목거울은 나는 작아지고 배경은 커지는, 他의 視다. 볼록거울은 원근법이고, 오목거울은 逆원근법이다. … 이런저런 틀로만 본다. 세상은 왜곡 없인 있을 수 없다. [32]

이슬은 볼록거울 같다. 가까운 것은 크게 하고, 먼 것은 작게 한다. 주관은 크게 하고, 객관은 작게 한다. 이슬은 주관 또는 응집된 我다. 매듭이다. 뜻이다. 눈이다. 濕이다. 이 명백한 주관의 形은 곧 증발돼 잠재된 객관의 空이 될 거다. 본디의 無, 무의미 말이다. 有는 짧고, 無는 길다. [33]

걷는다. 이 길의 먼 끝은 과거고, 어쩜 전생이다. 결코 도달할 수 없으리. 걷는다. 저긴 작고, 여긴 크다. 저 끝은 나완 무관하다. 걷는다. 난 늘 현재다. 하여 난 쏟아지는 形들에 마구 치인다. 불안들. [34]

입술, 입술 같은 잎들. 떠든다. 봄의 가지는 간지러운 觸이다. 말의 觸. 색의 觸. 웃음 觸. 말 웃음. 색 웃음. 봄은 수다다. 부스러기의 수다다. 봄, 곳곳이 푸름을 웅얼댄다. [35]

근질근질. 가지의 간지럼이 모여 잎이 되고, 꽃도 되는데, 결국엔 새가 된다. 간지럼은 色과 形의 근원이다. 生의 근원이다. 웃음이 이 세계의 뿌리인 거다. 봄, 나무가 웃는다. 우울은 추상이고, 웃음은 현현이다. [36]

우울은 추상에서 구상을 향하는 濕이고, 웃음은 현현에서 잠재를 향하는 乾이다. 하여 정글은 울고, 사막은 웃는다. 울며 쌓고, 웃으며 부순다. 울며 숲으로 솟고, 웃으며 모래로 꺼진다. 我-我한 감정이 이 변덕의 세계를 만든다. 감정은 神이다. … 神은 대체로 이성이나, 간혹 감정이다. 그때의 神은, 我다. [37]

중얼거림은 我고, 대화는 我의 확장이다. 대화는 他다. 중얼거림은 주관이 되고, 대화는 객관이 된다. 대화는 뜬다. 붕 떠 反감각의 추상으로 선다. 중얼거림은 품으로 피어나고, 대화는 밀침이 된다. … 중얼거림이든 대화든 다 我의 현현이다. 침묵만이 온전한 잠재다. [38]

은행잎은 가지라는 강에 이는 납작 물보라 같다. 물고기 비늘 같기도 하다. 은행나무는 여름엔 호수의 물 물결로, 가을엔 사막의 모래 물결로 빛난다. 본다, 我가 스민다. 주관은 거품이 되어, 저 객관에 환상을 섞는다. 잎은 눈깔이다. [39]

가지는 시간의 강이다. 시간의 뱀이다. 길게 늘어진 작용의
팔 같은 저 시간이 인과의 形을 틔운다. 나목. 道는 道가 되
어 道로 흐르고 결국 시간이 된다. 시간은 道의 현현이다. 나
무는 道다. [40]

말한다. 말은 경계로 이루어진 我다. 경계는 가시다. 하여 말
하면 불안해진다. 말은 파동이 된 불안한 혼이다. 말한다. 보
호의 가시가 我의 我로 돋는다. [41]

말은 품을 만드는 것. 말은 자신과의 관련성을 띄우며 주관
을 구축하는 것. 我를 세우는 것. 말은 세계다. 말은 혼이다.
말은 形의 像이다. 말의 먼 반대편엔 객관의 他, 즉 침묵이 있
다. 그건 잠재의 無다. 他는, 말을 걸어야만 有가 된다. [42]

혼은 정신의 불이다. 나의 관성, 혼은 일종의 기억이다. 像이
다. 하여 짧다. 혼은 쉬 멈춘다. 혼은 과장된 나의 경계다. 응
시로 빙 둘러쳐진 저 거대한 원의 안쪽이 나의 혼이다. 我는
먼 소실점들에 둘러싸여 있다. 봐라, 有는 無에 위태롭게 둘
러싸여 있다. [43]

바람의 긴 목의 현으로 음악을 연주한다. 현의 풍경. 거대한
악기. 가을, 바람의 긴 목에다 황금과 루비를 하나씩 걸어 준
다. 그리고 딩딩. 선 닮은 선율로 난 한껏 고조된다. 웃음. 我,
我, 룰루랄라, 我. [44]

은행나무, 팔은 팔을 뻗고 色은 色을 번진다. 불. 노란 존재
자체가 환한 꽃이구나. 화엄! 저 꽃이 세상의 모든 응시를 움
켜쥔다. 은행나무는 눈들을 잡아넣는 神 자루, 눈깔 자루다.
떼! 저 他가 곧 我다. [45]

식물성의 神. 식물성은 불처럼 번진다. 음악도 식물성이다. 불. 음악은 神의 언어다. … 나무는 푸른 불이 붙은 팔이다. 하여 바람으로 팔을 들 때마다 점점의 잎이 점점으로 번진다. 나무의 동선이 훤히 보인다. 그 선율 같은 동선의 거대 덩어리가 바로 숲이다. 숲이란 바람을 포함한 온 움직임이다. [46]

호수에 드리워진 가지. 팔에서 뚝뚝 떨어지는 점 같은 물방울에서 수련 닮은 커다란 동심원이 자란다. 해를 향한 저 눈들. 응시가 무성해진다. 호수는 물결의 숲이다. [47]

시바가 춤춘다. 神의 팔에서 씨앗 같은 습기가 똑똑 떨어져 형상을 세운다. 습기는 형상의 접합제. 습하면 무성해진다. 시바가 춤춘다. 그는 검은 나무다. 촉촉한 道다. 그는 무한의 원에서, 네 개의 팔과 스무 개의 손가락을 선율처럼 흔들며, 유한의 세계를 구축한다. [48]

사슴뿔, 머리에서 하늘로 흐르는 균열. 강 같은 균열이 위로 흐른다. 그 순간 허공의 빔이 사슴의 일부가 된다. 빔이 찬다. 땅의 머리에서 자란 주관이 하늘에서 형태라는 객관으로 化한다. … 形, 我의 현현. [49]

사슴 옆엔 사슴뿔처럼 자란 나무. 신라 금관 같은 나무. 사슴뿔 끝에 앉은 황금 새. 신비한 방울처럼 떨리는 영혼의 새. 천년, 신라 왕궁, 꿈. 노란 은행나무는 땅의 왕관이다. 가을엔 곳곳에서 땅의 대관식이 펼쳐진다. … 은유란 왜곡 즉 원근법化다. 주관화다. [50]

고래 꼬리에 붙어 있는 거대 은행잎 한 장. 저 은행나무엔 작고 무수한 푸른 고래들이 붙어 있는 듯하다. 하여 나무를 만지면 내 손의 절반은 이미 낯선 바다다. 투명한 면발 같은 바람이 부는 '숲' 여름의 풍경. 은유가 살랑 분다. 我가 我의 我로 선다. [51]

가을은, 푸른 고래가 노란 고래로 바뀌고 차가운 바다 속으로 사라지는 것. 風, 꼬리를 치며 땅의 바다로 소멸하는 것. 가을은 바람 많은 바닷가다. 쓸쓸히 똗 선율을 걷는다. 객관의 세계가 주관의 세계로 바뀐다. 幻. [52]

땅의 습함이 강이 되어 가지로 흐른다. 가지는 공중의 강이고, 그 강에 이는 물거품이 이파리다. 하늘의 虛가 땅에 섞여 푸른 물거품이 된다. 물거품, 空의 알, 생성. 이파리가 하늘 호수로 떠 있다. 꽃은 물고기로 헤엄친다. 은유. … 은유란 我의 스밈이다. 스미면 他도 사물도 我가 된다. [53]

나무는 초신성 폭발 같다. 가을, 땅이 색깔로 또 형태로 폭발한다. 비명. 공중에 등처럼 달린 저 단풍. 손바닥이 다닥다닥 붙어 있는 듯. 한 무더기의 경계가 둥실 떠 있다. 땅이라는 잠재의 현현, 통찰, 濕. 저건 他요 我다. [54]

사막의 바람은 가을바람 같다. 통풍 닮은 아픈 바람이 망나니 칼처럼 분다. 形이 진다. 我가 진다. 나뒹구는 모가지들. 바람은 꿰뚫는 창이 되어 모든 걸 떨군다. 無경계의 풍경. 망한 他, 他들. 그 잔해가 모래다. [55]

고층 실내에서 먼 밖을 본다. 이 테이블과 창은 크고 저 마천루는 작다. 주관이 여기와 저기를 가른다. 주관이 우리와 他를 가른다. 객관은 먼 他다. 내 응시가 지금 여기만을 특별하게 해, 주관과 객관을 가른다. 본다, 난 중심이다. [56]

해는 웃고, 사람은 운다. 웃음은 건조함이고, 울음은 습함이다. 걷는다. 사막의 해는 불가사리다. 저 하얀 팔들이 웃으며 모양을 부숴 먹는다. 모래는 포식의 흔적이다. 해는 포식자다. 해는 부수며 웃고, 사람은 부서지며 운다. 운다, 울며 我를 토한다. [57]

해는 흰 용설란. 해는 흰 악어의 벌어진 입. 해는 눈 먼 흰 건조함. 생글생글한 하얀 해 밑에서 무지갯빛 사람들이 메말라 간다. 성지 순례! 푸름을 벌컥벌컥 마시고 싶구나. 하양은 乾이요, 색은 濕이다. [58]

갈증, 사막의 해는 죽음의 품이다. 밀고 밀치고 파괴한다. 저 해는 망치를 든 팔이다. 휘두르며 과잉 웃음을 웃는 해. 소시오패스 같다. … 맑음은 건조하다. 웃음은 乾하고, 우울은 濕하다. 우울은 비다. … 웃음은 形을 부숴 전체로 잠재시키고, 비는 그 잠재를 개별의 形으로 발현시킨다. [59]

사막의 해는 닿는 것을 다 모래로 만드는 모래 손이다. 손을 뻗으면 형태들이 무너져 가루가 된다. 폐허. 그 위로 영혼 같은 아지랑이가 숲처럼 피어오른다. 아지랑이는 사막의 풀이요 나무다. 幻. 사막은 몸 없는 영적 공간이다. 영은, 추상의 징조요, 잠재의 증거다. [60]

밀치면 망치요, 당기면 품이다. 사막의 해는 밀치고, 숲의 해는 당긴다. 밀치면 객관이요, 당기면 주관이다. 밀치면 사라지고, 당기면 나타난다. 죽음은 밀치고, 삶은 당긴다. 삶은 幻의 현현이다. 경계의 神 놀이. 밀치면 虛 공간의 추상이 눕고, 당기면 實 공간의 구상이 선다. [61]

노란 은행나무에서 사막을 본다. 습기의 퇴락. 색의 절정에서 건조함으로 무너지는 풍경. 바스락거리는 소리가 모래 쓸리는 소리 같다. 처량함. 쇠락. 혼과 혼의 소실. 가을, 바람만 불어도 웃음이 잘게 부서져, 재로 화한다. [62]

사막에선 해가 소실점이다. 해가 혼 같은 꽃의 형상을 빨아들이고, 몸 같은 물질을 모래로 남긴다. 마치 그림 속 형상을 지우고 남은, 지우개 찌꺼기 같다. 쓱쓱 뭉개는 손. 파괴의 손. 해는 지우개다. 사막은 無形의 추상이다. … 사라지는 건 늘 구상으로서의 주관이고, 바탕은 잠재로 남아 추상 즉 객관이 된다. [63]

지평선은 소실점들의 합이다. 저 먼 선이 종말처럼 객관의 세상을 집어삼킨다. 나와 상관없는 것들이 사라져 간다. 세계는 더 단순해진다. 지평선은 형상의 낭떠러지, 밑에선 큰 뿔의 악어가 입을 벌리고 있다. 세계가 닫힌다. 봐라, 내 주변만이 有다. [64]

나와 상관있던 것들이 상관없는 것으로 강처럼 흘러간다. 그 방향, 흐름, 저 지평선, 무심함. 그게 시간이다. 시간은 매 순간마다 소실점이다. 고요한 요란의, 멸망. 근데 과거는 정말 있었었을까. 우두커니. 어제란 의심스런 단절이다. 멍. 지금 이 순간만이 실재일 거다. [65]

뾰족뾰족한 장미를 본다. 현란한 形. 형상 속엔 존재의 정수가 있기에, 사막의 해가 빨아들이는 건 결국 존재다. 혼이다. 꽃이다. 재의 사막에서, 혼은 나와 해에게만 있다. 나머진 없다. 일대일의 관계. 그 관계가 유일신을 낳는다. [66]

삼각형. 뾰족점은 선의 생성점이자 소멸점이다. 뾰족점이 많아질수록 형상은 복잡해지고, 존재는 어려워진다. 각진 분주함. 그런 뾰족점이 원에는 무수히 많은데, 그건 없음과도 같다. 무한은 없음이다. 원의 무한성을 본다. 원은 神이다. [67]

삼각형을 빠르게 돌리면 형태는 잠재되며 원이 된다. 원에는 모든 게 중첩돼 있다. 원은 완전이다. 無. 0. 구현은 각진 불완전이요, 잠재는 완전이다. 구현은 선투성이의 웃음이다. 재깍재깍. 시간은 완전의 붕괴 즉 형태의 구현의 결과다. [68]

삼각형은 각. 각은 俗. 각은 他. 他는 我의 투사. 他는 我의 현현. 하여 주관. 원은 둥긂. 둥긂은 聖. 둥긂은 他의 중첩. 중첩은 형태 없는 객관 즉 무한. 삼각형은 원으로 기화해 추상이 되고, 원은 삼각형으로 응결해 구상이 된다. 원은 이상적 관념이고, 삼각형은 현실적 실재다. [69]

강렬한 햇빛을 받고 있는 나무. 瞿 하양. 해는 形을 뺏으려 들고, 나무는 形을 지키려 든다. 그 밀고 당기는 절충점이 저 뭉그러진 선인장이다. 푸른 멍. 처절한 성스런 단순화. 선 인장은 팔 없는 我다. 까까머리 푸른 수행자 같은. 혜가 같 은. [70]

모래는 재다. 해가 붉은 꽃과 푸른 나무를 태우고 남은 재 말 이다. 코끼리와 악어를 태우고 남은 재 말이다. 해가 불 망 치로 모든 윤곽을 잘게 부순다. 形의 無. 無의 形. 모래는 그 각각이 소실점인 거다. 사막은 모양들의 지평선이다. [71]

재. 바람에 여러 번 뒤집어져 텅 빔으로 가득 찬 재. 뒤집히 며 바람의 결이 빗살무늬로 새겨진 눈먼 재. 재는 맹목의 떼 다. 사막. 옛날 은빛 물고기 떼와 금빛 메뚜기 떼가, 지금 투 명한 바람 한 떼로 바뀌었다. 바람이 재를 운다. 幻. 形은 구 현이요, 바람은 잠재다. [72]

사막은 재의 호수다. 모래는 물과 같다. 그리고 무한. 무한의
낱낱. 재는 무한이다. 재는 무한 모서리의 원이다. 재는 무
한함으로 神이다. 무한은 잠재다. 神도 잠재다. 사막은 神의
공간이다. [73]

해는 사막에서의 유일한 나무다. 허공의 흰 나무. 햇살은 가
지고, 열기는 이파리다. 따가움이 觸으로 무성해진다. 통증.
정글의 생가지가 생성의 균열이라면, 사막의 해 가지는 파
괴의 균열이다. 사막에선 햇살 하나하나가 소멸의 지평선
이다. [74]

사막의 해는 죽음의 크라켄이다. 죽음의 팔, 철퇴, 反천수관
음이다. 하여 팔이 닿는 곳마다 다 망한다. 물고기의 비인 듯
후드득 形들이 진다. 순간, 머리를 꿰뚫는 창처럼 이명이 지
나간다. 날-꼬치. [75]

이명은 뾰족한 창이고, 음악은 널찍한 품이다. 이명의 순간
엔 주변 상황도 싹 사라지기에, 이명은 소실점을 닮은 지평
선이다. 이명의 끝엔 일렬로 도열한 선석 같은 이빨을 가진
무지갯빛 악어가 있다. [76]

나와 해와 無의 풍경들. 그리고 갈증. 나의 목마른 소원이 물
결의 환상을 사막 곳곳에 널어놓는다. 왜 나와 연관될까? 사
막은 나의 像일까? 사막은 은빛 물고기의 반짝임과 같은 주
관이다. 여긴 온통 나의 환상뿐이다. 봐라, 높은 파도의 아찔
한 비명이 눈에 새겨진 물고기가 헤엄친다. 눈엔 푸른 이명
이 박혀 있다. [77]

사막. 해와 지평선은 현현한 현실에 대한 아귀다. 식탐. 형상
들을 마구 먹어 치운다. 배부른 배고픈 폐허. 사막에서의 형
상은 구름과 모래의 물결무늬에만 겨우 남아 있다. 그건 물
의 흔적으로, 형상에의 먼 기억이다. 트림. 허우적대면, 손가
락이 부채처럼 벙어리지며 지느러미로 변한다. [78]

건조한 여기, 선인장이 곳곳에 솟아 있다. 손 같다. 팔 같다. 욕망 같다. 의지 같다. 위기의 땅은 뭐든 움켜쥐려 한다. 그 소유욕의 대상은 푸른 물이다. 선인장은 물통을 닮은 천연 모노리스다. 둘러보면, 푸른 절규의 탑이 곳곳에서 生을 아우성치고 있다. [79]

걷는 건 발이고, 닿는 건 팔이다. 눈의 응시도 팔이다. 팔은 我의 집행관이다. 팔은 뇌만의 주관을 실제의 객관(他)으로 만든다. 팔은 觸의 윤곽이다. 명쾌한 감각. 팔은 生을 춤추며 뭐든 실체로 쥐려 든다. 팔은 我요, 我는 원이다. … 맴도는 발. 발은 추상을 밟고, 팔은 구상을 세운다. 발은 他고, 팔은 我다. [80]

정글은 팔이 많고, 사막은 팔이 적다. 정글은 行이고, 사막은 관념이다. 정글은 他를 상대해 관계로 솟고, 사막은 我만을 느껴 몰입에 빠진다. 주관에서 객관(他)을 향하면 정글이고, 객관에서 주관(我)을 향하면 사막이다. [81]

정글의 해는 빛과 그늘의 쌍이고, 사막의 해는 빛만의 홑이
다. 쌍은 形을 풍성하게 하는 생성점이 되고, 홑은 形을 부
수는 소멸점이 된다. 가지런한 선의 원근법적 그림을 본다.
소실점 쪽엔 사막의 해가, 반대편엔 정글의 해가 뜬다. 쌍
안. [82]

사막엔 해와 재와 나만 있다. 神은 뜨겁고, 난 끓는다. 해는
神이고, 세계는 재다. 사막엔 주관과 관념이 넘치고, 정글엔
객관과 관능이 넘친다. 난 사막에선 관념의 我로 응축되고,
정글에선 실재의 몸으로 이완된다. 웃는다. 중얼거리면 말
도 모래다. [83]

사막, 허공엔 서걱서걱 모래 우는 소리뿐. 모래 벌레의 꺾인
울음소리뿐. 바람이 불면 모래 벌레가 메뚜기 떼처럼 사삭사
삭 난다. 사막, 해만 웃고 재는 운다. 우는 재엔 온갖 추상적
形들이 잠재돼 있다. … 사막, 장송곡 같은 점의 음악이 울리
는 사막. 悲, 울음은 가능성이다. 운다, 울면 소실점 모래마
다 씨앗이 된다. [84]

사막, 땅엔 해의 웃음소리만 가득하다. 하하, 쨍쨍, 투명한 웃음, 幻, 아지랑이 웃음. 어지러움. 머리를 뚫는 이명이 기차처럼 지나간다. 메뚜기, 바다, 물고기가 떼로 끓는다. 저 他들. 나는 나다. [85]

해는 물고기다. 저 펄떡이는 빛살의 비늘이 내게 닿아 찌푸린 눈을 어지럽힌다. 비릿함. 해는 입을 크게 벌린 은빛 물고기. 빛의 포식자다. 눈 먼 물고기가 하늘을 사납게 헤엄치고 있다. 사막은 盲의 바다요, 난청의 바다다. 감각이 잦아들고 추상이 일렁인다. [86]

해는 눕고 면은 선다. 해 질 녘, 낙타 떼의 그림자가 거대한 병풍처럼 形을 세운다. 사막 위로 검음이 춤춘다. 무형의 잿더미 위로 유형의 것들이 솟구친다. 幻 숲. 옛 기억인 듯 나무가 다시 무성해진다. 마의 숲, 다 열리며, 낮음이 높아진다. [87]

해 질 녘, 땅은 하늘이 되고 하늘은 땅이 된다. 해 질 녘은 경
계가 바뀌는 시간대. 하여 누운 것은 서고, 선 것은 눕는다.
세계가 뒤집어진다. 토하듯 뒤집어진다. 吐 꽃의 吐 色의
吐 낯설고 아름답다. 꽃, 해 질 녘은 일종의 가을이다. 吐,
혁명이다. [88]

작은 둔덕에 올라 해를 등지고 양팔을 뻗으면 내 그림자가
아래 마을을 다 덮는다. 난 거인이 된다. 해 질 녘은 我가 비
대해지는 시간대. 모든 게 수수께끼다. 난 거미가 되어 他들
을 삼킨다. 밤은 주관의 신비다. [89]

사막. 모래 산마다 물결이 있다. 바람이 환상을 일으켜 습기
의 먼 기억을 되살린다. 파도 같은 산, 붕어 비늘 같은 구름,
돌돔 무늬 같은 모래. 이 모두는 물에의 추억이다. 기억, 자
꾸만 되돌아오는 과거. 물이든 모래든 그 본질은 다 재다. 재
생의 재, 聖灰! [90]

덩굴은 초록 괴물이다. 느리게 주변을 삼킨다. 덩굴은 초록 파도와도 같아, 집도 나무도 삼킨다. 덩굴은 주위를 자신으로 집요하게 주관화한다. 덩굴은 온통 입이다. 덩굴은 습한 포식이다. 이기적 포만! 덩굴의 잎은 바다를 닮은 채다. [91]

내 손 위의 꽃이 저 마천루보다 크다. 내 눈을 중심으로 가까운 것은 커지고, 먼 것은 작아진다. 저 소실점을 향해 대들보 같은 길이 질서정연하게 놓인다. 원근법. 원근법은 주관을 시각화한 것이다. 주관은 나를 중심으로 한 세계의 왜곡, 幻이다. [92]

나와 상관있는 것은 커지고, 상관없는 것은 작아진다. 나는 크고, 남은 작다. 객관에는 가중치가 없다. 객관은 공평무사하다. 가중치는 주관에만 있다. 주관이란 나 위주의 창조적 간결함이다. 하여 획획 쳐낸다. 내 주변만이 有다. 주관은 국부 조명과도 같아 누구나 주인공이다. [93]

손 뻗어, 손끝에 먼 나무를 얹혀 놓는다. 손톱 나무. 거대한 것이 내 작은 손 위에 올라가 있다. 나는 커진다. 나만 커진다. 주관의 神 놀이. 신나는 我 놀이. 유희. 누구에게나 神은 我다. 하여 손톱에 나무를 올려놓고, 연주하듯 까불거리면, 세상이 내 손 위에서 춤춘다. [94]

작은 이슬 속으로 큰 세계가 들어간다. 신비! 이슬은 소실점이다. 큰 것이 작아지는 곳은 다 소실점이 된다. 왜곡의 발생, 그건 분명한 주관의 징표다. 我의 증거다. 이슬은 극한 원근법의 공으로, 은유요, 갇힌 우주다. 눈이다. [95]

가을바람은 미다스의 황금 손이거나, 사투르누스의 피 묻은 손이어서, 닿는 곳마다 화려한 죽음이다. 가을, 색과 경계가 뚜렷해지며, 곳곳에 주관의 我가 열린다. 그건 잔혹 동화와도 같아, 낯익은 듯 낯설다. 我에 거미 같은 가시가 돋는다. [96]

탕탕 물이 흐른다. 저 냇물의 기원은 오래전 내 눈물이다. 슬픈 삶이 멋진 풍경을 낳는다. 통통 부은 눈으로 세상을 보면, 죽은 객관은 산 주관이 된다. 활활. 감정이란 주관의 꽃이다. 울긋불긋한, 花, 나. [97]

은행잎이 말굽 같다. 순간, 풍경은 주관이 된다. 은행잎은 허공의 발자국이 나무에 찍힌 것이다. 허공은 나무 주변을 애정으로 낮게 배회한다. 맴돎은 집착과 주관의 증거다. 객관은 그냥 스쳐만 간다. 또각또각, 끈적한 허공이 축을 맴 걷는다. … 맴돌면, 대상에게서 我가 솟는다. [98]

단풍잎은 허공의 손도장 혹은 지문이다. 그건 허공이 지극정성으로 나무를 매만진 흔적이다. 가을, 볼륨감 있는 붉은 윤곽이 선다. 손이 뜨겁다. 뜨거운 서늘한 바람이 분다. 觸, 지문의 난타전, 관계의 치고받음. 空의 觸은 色이고, 色의 視는 空이다. [99]

까치가 나뭇가지를 물어 날라, 소용돌이치는 입체를 세운다. 나무의 뇌처럼 까치집이 있다. 보금자리. 관계의 밀도가 높은 곳은 저렇게 품이 되어, 생명을 품고, 주관의 터가 된다. 和. 악기의 공명통 같은, 붉은, 울음 우주. 새의 주술! [100]

까치집은 나무의 죽은 동선들의 합이다. 까치집, 선으로 지은 경계가 살아 있는 듯 휘돈다. 직선이 원으로 바뀐다. 가지라는 자잘한 팔들이 안으로 말리며 따뜻한 품이 된다. 生. 까치집은 천수관음의 한 토막 같다. 무한을 휘휘 돈다. … 돌면, 죽음도 삶이 된다. [101]

까치집은 자잘한 뱀들로 지은 뱀의 공간이다. 뱀으로 된 새의 보금자리. 뱀이 똬리를 틀어 새를 품는다. 새와 뱀이 하나가 된다. 새는 혼이요, 뱀은 몸이다. 객관 부스러기가 꽃 같은 주관으로 뭉친다. 까치집은 관계의 我다. [102]

봄, 먼 구름이 이리로 와 가지 끝을 휘감는다. 모호함을 꿈틀대며 가지는 손가락이 되고, 봄을 가리킨다. 새의 지저귐이 손에 묻어 손끝 지문이 된다. 휘도는 지문은 레코드판과 같아 희망을 연주한다. 봄, 손끝에서 수도꼭지처럼 운명이 콸콸 쏟아져 나온다. 잎 교향곡. [103]

주관은 새, 뱀, 꽃 등의 비유로 가득 차 있다. 화엄의 幻처럼. 객관엔 비유가 없다. 객관의 세계는 머신과 같다. 딱딱 맞아 떨어지지만 비정하다. 상상도 없다. 추상적이다. 객관엔 나도 너도 우리도 없다. 그냥 다 그것이다. 잠재된 무형의 그것. [104]

주관은 정글의 왕 이파리 같은 비유로 가득 차 있다. 축축한 我의 그늘. 혀. 주관은 형상의 정글로, 뜻 과잉이다. 의미, 의미, 나를 치는 의미, 말. 반면 객관은 무형의 사막과 같아, 건조한 관념적 추상이다. [105]

용설란은 메두사의 머리 같다. 땅에서 나온 푸른 손 같기도 하고, 땅의 이빨 같기도 하다. 주관적으로 본다. 주관의 바탕에는 살아 있는 내가 있다. 분수처럼 솟구치는 내가 있다. 객관의 나는 죽은 사물일 뿐이다. 용설란에서 神의 말을 내뿜는 혀를 본다. [106]

용설란은 습기를 움켜쥐는 손 모양이다. 물, 물, 불. 화난 형상 같기도 하다. 가시와 퍼런 아집의 화. 씩씩거리는 듯. 이 건조함을 버티려면 저 가시와 아집이 유용할 거다. 독단의 샘, 불. 용설란은 我의 불이다. [107]

용설란의 사방팔방 뻗친 직선들. 궤적 같다. 탄환 같다. 道 같다. 용설란은 소실점의 모양이면서 빅뱅의 모습이다. 탄생과 죽음의 공존. 밖을 향하면 탄생이고, 안을 향하면 죽음이다. 봐라, 방향만 다를 뿐 다 국화꽃 모양의 美다. [108]

악어에게 객관이 있을까? 주관만 있을 거다. 악어의 소실점
은 가깝다. 악어에겐 저 멀리의 것은 보이지 않는다. 보아도
안 보인다. 무관심하다. 상관없다. 없음이다. 악어는 아집,
아가리, 주관이다. 악어는 我만이 비대하다. [109]

있음은 주관의 범위 안에 있다. 관심이 있어야 비로소 있는
거다. 객관은 없음이다. 풀밭 속 양귀비꽃처럼 붉은 我가 서
야 비로소 있음이 성립된다. 하여 我와 관련될 때에만 他는
他다. 그전까진 그냥 잠재의 無다. [110]

원근법은 질서정연한 가중치에 대한 시각화다. 그건 주관
의 시각화다. 我의 시각화다. 객관은 가중치 없음이다. 가중
치 없음은 無다. 가령, 백색 소음 같은 어지러운 풀밭은 가
중치 없는 객관 즉 我 없음이다. 形 없음이다. 하여 볼 수 없
다. [111]

객관은 논리다. 객관은 구조 대 구조의 충돌이어서 실존이 없다. 我가 없다. 손을 뻗어 따가운 빛 화살을 가린다. 손은 거대한 방패다. 순간, 난 누굴까? 난 뭘까? 실존은 나와 가까워 영향력이 큰 것에만 고인다. 실존은 크다. 실존은 주관이다. 손으로 온 我가 모여든다. 떨림. … 실존은 구조를 벗어난 '자유' 我다. [112]

구조는 차갑다. 죽음이라 차갑다. 생명은 뜨거움이다. 산에 올라 도시의 풍경을 바라본다. 저 빌딩은 차갑고, 요 나무는 뜨겁다. 객관은 차갑고, 주관은 뜨겁다. 주관은 살아 있음이다. 그 살아 있음의 정체는 나다. [113]

작은 새가 나무 끝에 앉아 하늘을 향해 입 벌리고 있다. 독창회. 거대한 하늘이 새의 입 속으로 돌돌 말려들어 간다. 새가 하늘 물을 마시고 있구나. 해갈. 봄, 새가 세상만큼 커지고 있다. 우주가 통째로 울린다. [114]

새, 침묵을 삼킨 새의 공명. 봄, 울림, 악기. 봄, 벙어리로 외치니, 온통 습해진다. 봄, 잠재에 잠재가 더해져, 비로 내린다. 비는 空의 균열이다. [115]

겨울, 가지 끝에 앉은 새. 뿔 끝에 돋은 가시 같다. 가시 위 가시. 고독 위 고독. 존재 위 존재. 가시는 空에 생긴 짧고 강한 균열이다. 틈이다. 존재는 찌른다. 찔러 존재한다. [116]

메마른 가지 끝의 새는 我다. 그건 사막의 我와 같다. 他 없는 我 말이다. 환상 닮은 我 말이다. 그건 울음 끝 웃음, 혹은 메시아다. 하여 광야를 외친다. [117]

새의 발로부터 아래로 균열이 생긴다. 그게 나무다. 봄, 새
는 해요 나무는 창조의 햇살이다. 새로부터 형상이 뻗어 간
다. 봐라, 날것이 내려와 밟은 결과가 이 세계다. 세계는 새
의 응축이다. [118]

선인장 위의 삐죽 새. 왕 가시 같다. 새가 쫀다. 선인장에서
푸른 물이 콸콸 흘러나와 하늘 호수가 되고 있다. 濕 선인
장에 꽃이 피고, 꽃 옆에 새가 있다. 새와 꽃은 선인장의 갈
라짐이다. 분기다. 선인장에 팔이 돋아 품이 생겨난다. 품은
我다. [119]

뱀 같은 나무 위 새 한 마리. 새의 벌어진 입 속에 뱀 같은 혀
가 있다. 마술피리. 이질적 쌍이 형상을 지저귄다. 삐잇-삐-
삐. 선율이 이파리로 울려 퍼진다. 봄, 뱀에 깃털이 나며, 새
의 푸른 분신이 휘릭 날아오른다. 봄, 和. [120]

메마른 나무 끝의 새는 혼이다. 불이다. 존재다. 그건 물질이 아닌 넋의 형상이다. 새가 지저귄다. 새 입 안의 용설란 같은 혀. 푸른 불. 떠는 뱀. 새는 혼이다. 이슬 안을 메아리치는 둥근 선율 같은 뱀의 혼이 고독을 맴돈다. [121]

세계는 균열돼야만 형상이 된다. 덩어리지면 無다. 무의미다. 갈라짐은 윤곽을 낳고, 윤곽은 그 경계 안에 혼을 가둬, 비로소 꽃 같은 존재로 거듭난다. 꽃은 찬란한 뜻이다. [122]

용설란은 폭발의 모양이다. 용설란은 작은 빅뱅이다. 폭발은 잠재 덩어리의 균열이다. 나무도 꽃도 사람도 다 폭발이다. 깨짐 즉 균열인 거다. 깨져야 존재한다. 균열은 모든 형상의 뿌리다. 혀다. [123]

형상은 갈퀴와 같아 뭐든 움켜쥐려 든다. 그 소유욕이 선과 면을 세워 경계의 윤곽들을 굳건히 한다. 형상은 스스로의 보존이다. 보수다. 我다. [124]

땅이 움터 하늘을 밀고 올라간다. 꽃의 윤곽, 나무의 윤곽, 고양이의 윤곽 등은 모두 균열의 증거다. 그건 허공이 쫙 갈라진 증거다. 세계는 空이 갈라져 形이 된 결과다. 존재가 움튼다. 我가 솟는다. 균열은 神의 벼락이다. [125]

용설란의 뱀 같은 줄기에서 문득 새의 깃을 본다. 뱀이 새를 낳는 풍경. 뱀의 끝에는 반드시 새의 형상이 있다. 그게 有의 정체다. 有란 새고, 有의 해체는 뱀이다. [126]

마른 가지 끝의 새는 일종의 구름이다. 그건 가지의 온 습기가 모여 이루어진 간절한 물방울이다. 피다. 토다. 새는 逆소실점이다. 새는 神처럼 생성시킨다. [127]

걷는다. 객관의 풍경일 때는 형상이 없다가, 내가 눈 떠 주관일 때에만 세상이 나타난다. 이마에 닿는 허공의 꽃. 나와 부딪힐 때에만 주관이 서고 세계도 선다. 걷는다. 무심한 마음은 無요, 유심한 마음은 有다. [128]

겨울나무는 虛 즉 빈 그릇을 무수히 품고 있다. 하늘은 호수다. 하늘은 콸콸 틀어놓은 수돗물과 같아, 여러 모양의 빈 그릇을 금방 채운다. 하여 겨울의 나무엔 또 다른 푸름이 펼쳐진다. 하늘 꽃 잎 말이다. [129]

觸. 손을 찍으면 지문마다 물결이 일어 손끝 호수가 생긴다. 觸. 닿으면 대상엔 패턴이라는 무성한 정글이 인다. 觸. 닿으면 他엔 뜻이라는 꽃이 핀다. 觸. 觸은 세상을 나로 주관화하는 행위다. [130]

겹겹으로 포개진 튤립의 형상은 습기의 놀이다. 습기는 접착제가 되어 흩어진 虛의 낱낱을 조립한다. 습기는 神의 입김이다. 후우, 날이 서듯 實한 윤곽이 선다. 닻, 송이. 神의 습함이 예리한 경계 즉 혼을 만든다. [131]

튤립은 겹겹의 벼랑으로 둘러싸인 꽃이다. 절벽처럼 곧추선 꽃잎. 손 위의 마천루 같다. 본다. 붉은 욕망이 높이 솟는다. 솟아, 튤립은 새다. 난다. 날아, 튤립은 하늘을 향해 떠드는 입술, 즉 주술이 된다. 말은 我다. [132]

회색 코끼리를 본다. 윤곽의 본질은 경계 안팎에서 발생하는 습함의 차이다. 차이는 경직을 낳고, 경직은 뼈가 된다. 윤곽은 형상의 뼈다. 이글대는 태양. 사막의 해가 건조함으로 윤곽을 부숴, 평등의 모래를 만든다. 모래는 탕평의 잔해다. 코끼리는 산 차별이다. [133]

통증의 바람이 분다. 꽃과 꽃에 맺힌 이슬과 이슬에 비친 나무와 나무 위의 원숭이. 다 부서진다. 건조함이 바람을 망치로 만들어 뭐든 잘게 부순다. 특별함이 깨진다. 사막은 형상의 부스러기요, 모래는 형상의 울음이다. [134]

먼 훗날 습기가 우르르 몰려와, 무너진 모래를 다시 접합시켜, 꽃과 나무와 사슴의 형상을 세울 거다. 吐. 그때의 해는, 파괴가 아닌 촉촉한 생명의 해가 될 거고, 하늘엔 복음처럼 종다리가 날 거다. 하하, 호호, 희희. 形은 웃음이요, 만물은 유머다. … 세게 웃으면, 와장창, 세계는 또 깨진다. [135]

정글은 이파리의 공간이고, 사막은 모래의 공간이다. 정글은 온통 뜨거운 他의 공간이고, 사막은 나만 뜨거운 我의 공간이다. 정글은 울음 우는 실체로, 사막은 허허 웃는 幻으로, 존재한다. 정글은 습기로 形을 세우고, 사막은 건조로 形을 부순다. [136]

갈증! 사막은 다 밀어낸다. 사막에선 환상만이 나를 품는다. 사막에선 나만 커지고, 나머진 작아진다. 내 안은 커지고, 밖은 작아진다. 큰 나와 작은 세계. 가분수의 관계. 모란꽃 같은. 사막은 주관의 幻 공간이다. 하여, 손 뻗으면 이 손끝이 곧 지평선이다. [137]

갈증이 끊임없이 我를 불러낸다. 나, 나, 목마른 나. 나는 커지고, 주변은 물과 관련된 幻으로 재구성된다. 보이는 것은 깜빡이는 일렁임뿐. 객관은 줄어들고, 주관은 커진다. 사막, 해는 소실점이요 我는 생성점이다. … 난 끊임없이 솟는 '말' 호수다. 중얼거림. [138]

사막. 없음. 형상이 사라진 자리를, 我가 가득 채운다. 저 해만이 他다. 사막에선 객관의 해와 주관의 나만이 도깨비 씨름을 하듯 일대일로 존재한다. 큰 나와 더 큰 해. 나머지 객관들은 다 모래가 된다. 순간, 몸속의 종이 울린다. 몸속의 악어가 일제히 입을 벌린다. 공허, 세계에의 허기. [139]

해 질 녘. 하늘은 파랗고 해는 붉다. 마법의 시간대. 새털구름의 절반은 붉고, 절반은 검푸르다. 구름 섬. 허공에 해변의 풍경이 펼쳐진다. 강렬한, 色의, 幻 바다. 곧 모두 다 검음에 삼켜질 거다. 트림만을 한 줄기 구름으로 남긴 채. 응시, 포만, 난 주관을 맴돈다. [140]

비애의 시간대. 저 하늘을 닮아 내 얼굴도 마음도 알록달록해진다. 나, 찬 듯 빈 듯. 난 무얼까? 我-非我의 시간대. 경계가 흐른다. 윤곽마다 꽃이 핀다. 和, 잠시 전투를 멈추고 花, 有無의 방패를 내리며. 여긴 무지갯빛 색계다. [141]

새가 난다. 날개를 펴면, 날개는 이파리다. 꽃잎이다. 허공을 맴도는 저 식물성. 새는 하늘의 연꽃이다. 그 꽃의 줄기는 내 응시다. 새는 我다. [142]

가을, 나무에 바람이 분다. 메뚜기 떼처럼 잎이 난다. 메뚜기 떼가 쏟아진다. 사각사각. 윤곽이 윤곽을 먹는다. 뼈의 나무가 드러난다. 메뚜기는 형상의 소실점이다. 사각사각. 재, 재의 재. 여름의 주관이 사라지고, 겨울의 객관이 온다. 재는 잠재다. [143]

텅 빈 놀이공원의 기이함과 공포. 그건 쓸쓸함이다. 불안스레 희번덕 주위를 둘러보면. 메뚜기의 비, 물고기의 비, 개구리의 비가 검은 꽃처럼 내린다. 입 안 가득한 他, 他. [144]

여름 나무는 물고기 떼가 붙어 있는 듯. 새 떼가 붙어 있는 듯. 여름은 떼요, 집합이다. 관계다. 여름은 뜨겁고 시끄럽다. 그 떼는 입이 되어 뭐든 삼킨다. 떼는 포식자다. 하여 떼는 작은 것도 크게 한다. 주관화한다. … 응시! 視는 꿈틀대며, 아가리의 觸으로 변한다. 포식, 은유란 포식이다. 은유는 他의 我化다. [145]

봄. 메마름 속, 이 가지 저 가지 옮겨 다니는 직박구리. 발로 觸을 일으켜 나무의 맥박을 되살리려는 듯. 지신밟기를 하는 듯. 주술적이다. 발이 닿는 곳마다 동심원 같은 소용돌이가 일어, 잎이 난다. 觸, 소생, 濕. [146]

이름 짓기는 주관화하기다. 관측하기도 주관화하기다. 그건 나와 먼 소실점의 것을 나와 가까운 품 안의 것으로 바꾸는 행위다. 그렇게 하면 점 같던 작은 대상이 수박만큼 커지며, 실한 뜻으로, 我化한다. 가짜는 진짜가 된다. [147]

망원경은 멀리 있는 작은 것을 가까이 크게 한다. 주관화한다. 그건 먼 소실점에서 形을 꺼내 오는 거와 같다. 망원경은 죽은 形을 되살리는 신기다. 하여 세계는 좀 더 복잡해진다. 나도 번잡해진다. 본다. 보면 내가 나로 무성해진다. … 세계란 我와 관련된 범위 그 이내다. 밖은 無다. [148]

응시는 대상을 진하게 하는 행위다. 주관화하기다. 멍때림은 세계를 흐리게 해 바탕으로 객관화한다. 기억은 세계를 크게 해 주관화하고, 망각은 본래로 작게 해 객관화한다. 응시는 무미건조한 추상적 본질에 대한 왜곡 놀이다. 꿈이나 구상化나, 그림 그리기 같은. 하여 눈 감으면 세상은 無로 잠재되고, 눈뜨면 有로 현현한다. 세계란 단지 감각이다. [149]

줄기마다 꽃송이가 열린 선율이 흐른다. 음악은 감정을 고조시켜 주관을 비대하게 하고, 소음은 객관을 키운다. 내게 무의미한 것은 객관이 되어 저 점들로 사라진다. 하여 멀리 無의 원이 그어진다. 주관은 我요 有고, 객관은 他다. 음악은 我 범벅의 꽃이다. [150]

겨울나무의 가지는 잎이라는 형상들이 사라진 지평선이다. 가지에는 무수한 소실점이 박혀 있다. 無. 無의 無. 이명의 뾰족함에 긁힌 듯한, 긁혀 초록의 간지러움이 일 듯한, 無. 無는 귀다. 有는 보고, 無는 듣는다. [151]

가지에 붙어 있는 마른 잎이 나무의 귀 같다. 그 귀는 겨울 내내 봄을 듣는다. 위기의 나무는 절박한 귀가 되어, 쫑긋 새를 경청한다. 삐잇 삣. 귀는 곧 파란 눈이 될 거다. … 봄, 마른 가지의 귀는 젖은 눈과 혀가 된다. 聽은 視와 觸이 된다. 봄, 감각이 무성해지며 無는 有가 된다. 봄, 감각의 我가 발아한다. [152]

겨울은 뼈 위주의 객관이고, 여름은 살 위주의 주관이다. 가을, 형상이 진다. 낙엽은 형상의 재, 주관의 재다. 겨울, 완벽한 客의 풍경. 그 他는 잠재돼 있다가, 나와 닿을 때에만 여름으로 구현된다. 觸. 난 모든 구상들의 원천이다. [153]

단풍나무는 빨간 루비. 은행나무는 환한 황금. 감나무엔 주 렁주렁 붉은 태양들. 하늘은 푸른 터키석. 가을, 공간 곳곳에 보석이 박혀 있다. 팔 벌려 숨을 한껏 모으면, 은유, 나는 나 고 너도 나다. 우리조차 나다. 이 단일, 온 주관. [154]

휘도는 꽃을 본다.

입 같고, 눈 같다.

말하는 입술의 꽃은 응시하는 눈의 꽃도 된다.

말은 응시다. [155]

가을, 사막, 해 질 녘 같은 경계 상황에서는 我가 나타난다. 주관이 나타난다. 맘. 하여 그건 幻이다. 幻이란 뭘까? 흩어 지는 포말 한 조각을 입에 문 물고기. 포말에 바다가 비쳐 파 란 에메랄드 같다. 보석을 입에 문 물고기의 눈에 우주 같은 내가 또 박혀 있다. 풍경마다, 我. 我. [156]

정글은 몸이 닿는 觸이고, 사막은 눈이 닿는 視다. 정글은 뭐든 가까워 찬 주관이고, 사막은 다 멀어 빈 객관이다. 가까워진 정글은 他가 강해져 '客' 객관이 되고, 멀어진 사막은 我만 강해져 '主' 주관이 된다. 主客은 손바닥 뒤집듯 쉬 바뀐다. 놀이. 그건 主客이 다 주관이란 증거다. [157]

사막은 모든 게 잠재돼 있는 추상적 객관의 공간이다. 他조차 없고 오직 하나의 '점' 我만이 존재한다. 그 我가 내부의 幻을 응시한다. 순간! 주관이 출현한다. 物極必反. 정글은 모든 게 발현된 구상적 주관의 공간이다. 주위는 온통 我의 투사뿐이다. 순간, 낯설어지며, 문득, 我는 他가 된다. 주관은 객관이 된다. [158]

物極必反이란? 정글은 다 가까이 있고, 사막은 다 멀리 있다. 그런 극한의 공간에선 주관과 객관이 순식간에 뒤바뀐다. 하여 가까운 정글은 먼 객관이 되고, 먼 사막은 가까운 주관이 된다. 손바닥 뒤집듯, 웃고 울다 또 웃고, 응시. 보면. 他는, 我요 他다. [159]

소실점은 악어다. 지평선도 악어다. 客의 형상들이 악어의 입 속으로 줄줄이 사라진다. 無. 사막의 해는 소실점이다. 몸의 무늬와 돌기 하나까지 빛으로 꽉 찬 빛의 악어가 저 위에서 입을 벌리고 있다. 아~ 긴 하품. 我~ 하품하면, 他는 위태롭고 我만 굳건하다. 모래 한 줌을 입에 털어 넣는, 이 자학적 유아독존! [160]

길이 솟대가 되어 원근법의 세계를 구축한다. 길이 없으면 원근법도 없다. 주관과 객관도 없다. 주관과 객관은 길이 만든 幻 같은 결과물이다. 봐라, 정글과 사막은 길이 없기에 원근법도 없다. 다 나고 다 남인 거다. 길은 세계의 가르마다. [161]

원근법은 왜곡된 공간에 기인한다. 3차원의 實 공간이 2차원의 假 평면으로 축소되면서 왜곡은 발생한다. 응시는 2차원의 我다. 그 응시로부터 주관과 객관이 생긴다. 實 공간은 객관뿐인데, 객관만으론 아무것도 볼 수 없다. 주관과 객관의 쌍이어야만 볼 수 있다. 주관과 객관은 我의 假 평면에서만 생겨난다. [162]

본다는 것 자체가 왜곡이다. 볼 때마다 我가 함께 하거든. 하여 우린 결코 객관적으로 볼 수 없다. 나와 가까운 것은 크게 먼 것은 작게, 원근법적으로, 세상은 일그러진다. 我는 한계다. 我는 렌즈다. [163]

손 뻗으면 하늘이 손톱에 물들어 손에는 다섯 개의 푸른 호수가 생긴다. 다섯 개의 이파리 같은. 눈을 길게 감았다 뜬다. 한쪽 눈엔 정글의 이파리가, 다른 쪽 눈엔 사막의 모래가, 있다. 갈증의 왼손엔 하얀 해가, 오른손엔 사파이어 빛 호수가, 있다. … 있다, 있음은 왜 견고하지 못할까? 주관이라서. 我라서. 가짜라서. 있음은 幻이다. [164]

과거는 이미 행해졌기에 1 形으로 구체화된 주관이고, 미래는 잠재되었기에 ∞ 形이 중첩된 無形의 객관이다. 주관은 나타남 즉 현상이고, 객관은 잠재 혹은 가능성이다. 하여 구상은 주관이고, 객관은 추상이다. [165]

나타난 것은 뭐든 주관이다. 하여 진짜 객관은 머릿속에서만 존재할 수 있다. 객관은 무형의 관념이요 추상이다. 주관이란 나의 '我 주관'과 남의 '他 주관'으로 나뉘는데, '他 주관'의 공통 합을 대충 객관으로 볼 수 있다. 우리가 아는 객관은 사실 이 가짜 객관이다. [166]

객관과 주관은 농도의 문제이기도 하다. 객관은 전체의 합이기에 농도가 짙고, 주관은 개별이기에 옅다. 옅음은 幻이다. 대상은 농도가 짙어지면 神처럼 관념으로 추상화하고, 옅어지면 꽃처럼 모양으로 구상화한다. 농도가 神과 개별자를 나누는 것이다. 객관은 짙어 神이 되고, 주관은 옅어 개별자가 된다. [167]

원근법의 '저' 소실점은 形이 겹겹으로 응축된 고농도의 객관이고, 내 주변의 '요' 사물은 소실점이 낱낱으로 개별화한 저농도의 주관이다. 겹겹과 낱낱. 겹겹의 객관은 無形의 원으로 돛 올리고, 낱낱의 주관은 有形의 삼각으로 닻 내린다. … 我는 덫이다. 我는, 원근법이라는 한계다. [168]

소실점에서 사나운 멧돼지가 나와 내게로 달려든다.

저 덩어리, 他에서 我로의 공포.

감각이 돋는다.

我! 주관의 출현!

객관이라는 無에서 주관의 有가 나온다. [169]

주관은 필히 我에 의한 왜곡을 부르고, 그 왜곡은 원근법으로 나타난다. 원근법은 추상이 아닌 구상이다. 본다. 我는 한계다, 빙 둘러싸인 한계. 我는 저 지평선의 소멸과 쌍으로만 존재한다. 我의 원, 품, 세계는 그 안에만 있다. [170]

모든 경우의 수의 총합이 객관이라면, 그중 하나로 구체화되어 나타난 게 주관이다. 전자는 추상적 잠재요, 후자는 구상적 현현이다. 하여 나타난 건 모두 주관이다. 이파리에 긁혀 거칠어진 바람이 내 머리에 소용돌이를 만든다, 像 我! [171]

我의 반대편에 소실점이 있다. 我는 有의 원천이고, 소실점은 無의 원천이다. 극과 극, 이런 과장된 원근감이 주관의 정체다. 주관이 有와 無를 낳는 거다. 객관은 有도 無도 아니다. 객관은 주관으로부터 유추된 논리적 결과일 뿐 실재하지 않는다. [172]

정글은 형상이 이미 구현된 주관의 공간이고, 사막은 형상이 아직 잠재된 객관의 공간이다. 정글은 과거고, 사막은 미래다. 감각의 我만이 현재다. 정글은 구상의 실체요, 사막은 추상의 관념이다. [173]

我와 他들의 연결이 관계다. 그 관계의 망이 진해져야 세계도 진해진다. 망의 촘촘함이 세계의 명확함이다. 세계는 관계다. 하여 관계 몇몇만 남으면 세계는 흐려지고, 그 몇몇마저 사라지면 세계도 사라진다. 관계는 有요, 무관은 無다. … 세계는 독립적 실체가 아닌 상호 종속적 幻, 즉 창발이다. [174]

관계는 주관의 투사다. 我의 我든 他의 我든 결국 다 我의 투사다. 我 없는 순수한 객관은 존재할 수 없다. 객관도 사실은 주관인 거다. 하여 관계로서의 세계는 단지 주관일 뿐이다. 我가 이 모든 像을 만들어 낸다. 가짜들. [175]

어린 나. 집에 가면 아버지와 엄마, 태석이와 숙임이가 있겠지. 난 쏜살같이 흐르고, 그 시절은 어디로? 우린 희.로.애.락. 지나갈 뿐이다. 과정에 감정이 섞이면 무엇도 되돌릴 수 없다. 감정은 오직 현재와만 엮인다. 감정은 현재다. 그리고 쨍. 현재란 깨지기 쉬운 너무나 얇은 한 장면(像)이다. 삶은 견고함이 없는, 幻이다. [176]

감정의 총합은 神이고, 감정의 개별화는 인간이다.
감정의 총합은 무감정의 이성이다.
감정을 추상화한 게 이성이다. [177]

개별화는 我.

개별 몇몇이 합쳐지면 他.

개별의 총합은 神.

神에서 개별 하나를 끄집어내면 다시 我.

我-他는 유형의 구상이고, 神은 무형의 추상이다. [178]

객관은 고차화, 주관은 저차화.

객관은 추상화, 주관은 구상화.

객관은 관념화, 주관은 감각화.

객관은 無요, 주관은 幻이다.

幻이야말로 色卽是空 空卽是色이다. [179]

에셔의 그림, 〈원의 극한 : 천국과 지옥〉을 본다. 원의 테두리에 객관이 있고, 중심에 주관(我)이 있다. 걷는다. 지평선 같은 저 테두리를 향해 걷고 또 걸어도, 난 늘 같은 위치에서 같은 것만을 본다. 닫힌 원. 운다. 我란 한계다. [180]

가까이 닿으면 친소에 따른 가중치가 생겨 주관이 되고,

높이 날면 두루 멀어져 가중치 없는 객관이 된다.

기는 뱀에게 세상은 大小의 주관으로 나타나고,

나는 새에게 세상은 관념의 객관으로 단순화한다.

大小란 幻이다. [181]

Ⅱ

이
미
지

시
론

1. 이미지는 사통팔달의 망을 이루고, 망은 관념의 주름을 만들어, 창발을 일으킨다. 그렇게 시를 쓴다. 시는 스스로 이치를 이루는 작업이다. 시는 논리적으로 자족적인 하나의 세계를 만드는 일이다.

2. 시는 오랫동안 감성의 시가 주류였다. 앞으로의 시는 감성의 시에서 이성의 시, 논리의 시로 나아갈 것이다. 블루오션을 찾아서. 난 문학적인, 사적인, 일상적인 시에서 벗어나고자 한다.

3. 서정시는 감정을 표현하기 위해 호수나 새, 꽃 같은 이미지를 보조적으로 사용한다. 이미지는 내 마음에 대한 우회적 비유로, 당연히 부수적이다. 이미지 시는 이미지를 표현의 주인공으로 쓴다. 즉 이미지가 시의 전면에 나온다. 이미지는 세다. 이미지는 표현의 주인이 될 만한 힘이 있다.

4. 서정시는 변화하는 감정의 순간을 포착하여 표현한다. 인상주의 같다. 난 시에 견고함과 구조를 넣고 싶다. 난 이미지를 재료로 써서, 시를 안정적인 건축물처럼 만들고 싶다.

5. 이미지 사이의 관계를 찾고, 그 관계의 패턴을 짚어 정합성 있게 엮으면, 단순히 자신을 표현하는 것을 넘어, 어떤 통

찰에 이를 수 있다. 그 과정에서 세상의 습관적 이치 따위는 필요 없다. 이미지는 스스로 자기만의 논리를 열어 간다. 이미지는 수(數)를 닮아 방편이면서 목적이고, 美다.

6. 표현은! 감정을 지향하면 구상적이 되고, 통찰을 지향하면 추상적이 된다. 감정은 형상의 가면을 써 면(面)으로 고이고, 통찰은 무형의 선(線)으로 흐른다. 감정은 色과 形을 휘감아 구상으로 현현하고, 통찰은 관계 범벅의 눈먼 추상으로 잠재된다. 이미지 시는 당연 후자다.

7. 이미지의 패턴을 다루다 보면 관계의 정합성에 빠져 현실에서 멀어진다. 그리고 논리의 세계로 접어든다. 그리고 이미지는 수학처럼 기호의 놀이가 돼버린다. 門. 이미지는 시의 또 다른 가능성이다.

8. 시는 감정을 수동적으로 드러내는 것이 아니라, 능동적으로 세계에 대한 통찰을 찾아가는 작업이다. 시는 거울이 아닌 퍼런 도끼다.

9. 패턴은 이미지들이 정합적으로 엮인 덩어리 즉 방정식이다. 패턴은 회의 문자처럼 끈끈한 군(群)을 이뤄 하나의 글자 즉 뜻이 된다. 패턴은 펄펄 끓는 솥과 같다. 패턴은 관계의

뜻 뭉치로, 이미지가 고차화한 결과다.

10. 논리의 군(群)이 형상으로 나타난 게 패턴이다. 논리가 없으면 패턴도 없다. 선(線)의 논리가 망 모양으로 똬리 틀면 덩어리의 패턴이 나타나는데, 그 찰기 있는 덩어리가 시다. 찰기는 논리의 증거다.

11. 이미지 전개란 하나의 형상을 좀 더 쉬운 다른 형상으로 바꿔 놓는 것이다. 통찰은 형상에서 온다. 그래서 쉬운 형상이 되면 그건 절로 통찰을 준다. 이미지 전개란 이미지 논리에 따른 형상의 전개요, 형상의 변신이다. 이미지 논리는 형상의 자연스러운 이어짐의 다른 말이기에, 논리는 形이다.

12. 시는 감성의 수학이고, 수학은 이성의 시다. 시는 사적인 수학이고, 수학은 공적인 시다.

13. 새, 나무, 뱀, 꽃, 균열 등은 수와 같다. 虛, 實, 色, 空, 觸, 視 등은 기호와 같다. 전자는 형태에 근거한 '관계' 정합성을 지향하고, 후자는 자기에 근거한 '메시지' 즉 통찰을 지향한다. 이미지 시는, 관계와 메시지로 이루어진 이미지 논리 체계다. 시를 본다. 메시지 없는 관계는 공허하고, 관계 없는 메시지는 뻔하다.

14. 직유와 은유는 대상(他)에 나를 섞어 대상을 나로 주관화하는 거다. 대상을 직유하고 은유하며 적절한 이미지들을 끄집어내는 게 시인의 일인데, 그건 관계化하기다. 관계란 통찰이다. 시인은 관계를 찾는 자다.

15. 이미지는 관념의 나무라 양방성을 지닌다. 이미지는 나무를 닮아 잎 같은 표피와 뿌리 같은 구조를 동시에 갖는다. 이미지는 겉의 상(象)과 속의 뜻을 쌍으로 갖는다. 하여 그냥 꽃은 무극이지만, 대상에서 은유를 통해 끄집어낸 꽃은 태극이다. 이미지는 태극을 닮은 이원론이다.

16. 상징은 추상적인 대상을 구상적인 것으로 바꾸거나, 구상적인 하나의 상(象)을 또 다른 모양의 상으로 바꾼다. 상징이란 형태를 바꿔 가는 것이고, 새로운 관계를 만드는 것인데, 그 과정이 이미지 전개다. 관계는 그게 직관적이라면 뭐든 논리라 할 만하다.

17. '선인장 위에 앉은 새'는 뭔가의 상징이다. 가령 부조리 앞에 선 실존 같은. 그 뭔가는 작고 명백한 뜻 조각이 아닌 크고 모호한 의미의 덩어리다. 그 덩어리가 '선인장 위에 앉은 새'라는 구체적 상(象)으로 구현된 거다. 그 모호함은 책 한 권의 의미일 수도 있고, 우주 전체를 품을 수도 있다. 상

징은 겉과 속을 동시에 갖기에, 상징화하면 뭐든, 깊이로 쉬 전환된다.

18. 나무에 대한 이미지 모델링의 예. 나무는 뱀 같은 줄기와 새 깃 같은 잎의 합이다. 뱀은 땅이고 새는 하늘이기에, 나무는 땅과 하늘의 결합이다. 땅은 접히고 접혀 유한의 實로 앉고, 하늘은 펴지고 펴져 무한의 虛로 솟기에, 나무엔 유한의 구상과 무한의 추상이 함께 한다. 나무$=f_1$(새, 뱀)$=f_2$(하늘, 땅)$=f_3$(무한,유한,추상,구상).

19. 그림에서 색을 해방하듯, 시에서 이미지를 해방한다. 즉 감정 표현에서 이미지를 해방하고, 메시지에서 이미지를 해방하며, 이야기에서 이미지를 해방한다. 그리곤 이미지 자체의 논리 전개만을 따라 이미지가 성장해 가도록 한다. 시는 이미지만의 체계를 세우는 일이다. 이미지는 시의 새 주인이 될 수 있다.

20. 이미지 관계망. 관계의 진함과 옅음을 조절하여 망 전체에 창발을 일으키도록 한다. 기발한 생각이나 심오함이 아닌, 단순히 관계의 짙고 옅음을 조율하는 간단 작업만으로도, 누구나 유의미한 패턴을 만들 수 있다. 조율하기는 공명化하기다.

21. 이미지 모델링이란, 대상에서 여러 이미지를 끄집어낸 후, 그 이미지들의 조합으로 대상을 재구성하는 일이다. 그렇게 하여 대상의 형태를 통찰이 쉬운 또 다른 형태로 바꾸는 것이 이미지 모델링의 목적이다. 이미지 모델링을 하면 대상에 시인의 我가 스며들어, 대상은 은유 덩어리가 된다.

22. 기저 이미지란 새, 뱀, 꽃처럼 그 시인이 자주 사용하는 근본 이미지로, 시인의 정체성과도 같다. 이미지 모델링은 기저 이미지들의 조합으로 만들어진다. 이미지 모델링은 관심 있는 대상에 대한 이미지 등가물로, 시인의 我가 투영된 결과다.

23. 관심 있는 대상에서 이미지를 끄집어내는 것, 대상을 이미지로 분해하는 것, 그것이 이미지 인수 분해다. 그리고 그 이미지들을 엮어 대상을 재구성하는 것, 그것이 이미지 모델링이다. 이미지 인수 분해와 이미지 모델링은 서로 역의 관계다. 이미지를 나누고 또 합치는 그 과정의 본질은 형상 바꾸기다. 형상은 그 자체로 통찰이기에, 형상을 이리저리 바꿔 가며 조율하는 것만 잘 해내도, 그는 이미 뛰어난 작가다.

24. 이미지는 채도고, 메시지는 명도다. 이미지에 메시지가 섞이면 이미지는 탁해진다. 純 이미지는 純 색채와 같다. 이

미지를 메시지로부터 해방시켜 純으로 시용하면, 시는 수학처럼 자기만의 놀이가 돼 상식의 논리를 벗어난다. 그리고 서로의 純 관계가 더 분명해진다. 메시지를 시의 배후에 숨기고, 시의 표면을 이미지로 채워 봐라. 야수파 그림처럼 될 거다.

25. 표현은 쉽고, 간결하고, 울림 있게 할 것. 그리고 무한 되먹임을 줄 것. 마법은 작가의 전지전능함이 아닌 되먹임에 있다. 되먹임이 망의 굵고 가늚을 만들고 패턴도 창발도 만들어, 시를 궁극의 경지에 이르게 한다. 되먹임은 바보의 것이더라도 유의미를 만들어 낸다. 진화처럼.

26. 관계의 망. 연결선의 굵고 가늚이 망에 패턴을 만들어 낸다. 반복 변주의 정도에 따라 관계의 선은 굵어지거나 가늘어지는데, 그 굵어진 선들이 홀로그램처럼 떠올라 망에 어떤 뜻의 문자를 새겨 넣는다. 관념의 상. 주제. 그건 그 시인의 상형 문자다.

27. 내가 어떤 이미지를 생각했다면, 그건 누군가 이미 생각한 이미지일 가능성이 크다. 1차 이미지는 그렇다. 그러나 1차 이미지를 엮여 만든 2차 이미지는 좀 더 드물 것이고, 2차 이미지로부터 파생된 3차 이미지는 더 드물 것이다. 고차 이

미지엔 저차 이미지의 논리가 내장돼 있어, 그 자체로 유구
한 궤적이요 역사다.

28. 고차 이미지는 저차 이미지로부터 논리적으로 파생돼
나온 결과물이다. 저차 이미지들을 정합성 있게 엮고 조직
화, 체계화하면 고차 이미지가 되는데, 그 긴 과정이 이미지
시다. 고차 이미지란 DNA처럼 논리의 축적에 다름 아니다.

29. 이미지와 수와 색채의 유사성. 그건 상호 영감의 관계다.
그건 거울처럼 정확한 일대일 대응의 관계가 아닌, 상황 유
사성의 관계다. 하여 서로가 서로의 등대가 될 수 있다. 난
시가 막히면 수학과 미술을 본다.

30. 이미지를 서로 엮어 관계 지으면 시집 전체는 중구난방
으로 발산하는 게 아니라, 어떤 패턴으로 수렴해 간다. 수가
그러하듯. 그 패턴이 통찰이요 我다. 패턴은 출렁이는 관계
의 망에서 견고한 솔리톤(soliton)과 같다. 즉 구조다. 하여 시
인은 그 패턴을 단위로 뭔가를 쌓을 수 있다.

31. 아귀 맞음은 관계의 정합성을 뜻한다. 그건 일관성 있고
모순 없는 상태를 말한다. 사통팔달. 그건 시의 수렴 조건으
로, 패턴의 조건이기도 하다. 관계의 일관성은 시에 짜임새

와 체계를 부여하고, 의지 같은 구조도 생기게 한다. 구조는 논리로 얽힌 뜻의 철근이다.

32. 논리는 관계의 일관성과 정합성이다. 이미지 논리는 수학의 논리와 다르다. 수학은 A=B면 A=C가 될 수 없지만, 이미지는 A=B면서 A=C도 A=D도 가능하다. 이미지는 은유이기에 변신의 논리가 가능하다. 이미지는 공감의 유연 논리다. 하여 이미지는 수보다 관계의 확장에 더 유리하다. 그리고 공명이 일어난다.

33. 상황에서 뜻을 뽑아내거나, 상황에 뜻을 응축시키는 작업이 시인의 일이다. 시는 상황 단위로 구성된다. … 뜻을 한 상황에 함축시키면 그건 방정식이 된다. 방정식은 내적 응결이고, 논리 전개는 외적 확장이다. 방정식은 形의 형성이고, 논리 전개는 形의 변형이다. 방정식을 푼다는 건 일종의 논리 전개로, 현 상황의 形을 통찰이 용이한 또 다른 形으로 변형시킨다는 의미다. … 시는 이미지로 된 논리 방정식이다.

34. 이미지는 서로 모여 관계의 덩어리 즉 패턴을 이룬다. 그 패턴에서 한 이미지를 그것과 연계된 다른 이미지로 바꿔 가면, 패턴 전체의 형상이 조금씩 변하는데, 그런 작업을 패턴이 자명하게 통찰을 주는 형태가 될 때까지 계속해라. 변신.

또 변신. 시란 변형의 놀이다.

35. 쉬운 형태나 자명한 형태, 직관적 형태가 나올 때까지 이미지의 형태를 계속 바꿔 가는 게 이미지 전개고, 그 전개의 일관성이 논리다. 중구난방으로 형태를 바꾸면 결코 패턴을 못 이룬다. 패턴은 快한 통찰이다. 快는 논리의 통(通)이며 공명 현상이다.

36. 직설적으로 표현하는 게 간단하지만, 이미지로 우회 표현하면 확장성이 더 좋아진다. 그건 그 시인 안에 기존에 축적된 이미지의 망과 패턴이 있기에, 그것에 기대어 이미지의 형태를 다양하게 변화시켜 가며, 현 표현에 여러 변형을 가하기 쉽기 때문이다. 그게 이미지 시와 수학의 유사성이다.

37. 난 이미지 패턴들을 많이 갖고 있다. 그건 나의 시 자산이다. 나의 내공이다. 그 패턴들을 바탕으로 난 자유롭게 이미지 간의 형태 변환을 만들어 낸다. 난 이미지 수학자다. 여러 패턴과 그것들의 망을, 난 수학의 정리와 그것들의 망처럼 쓴다.

38. 동전 던지기의 비유. 동전을 한 번 던지면 앞면이나 뒷면이 나온다. 각 사건은 1/2 확률이고 단발이다. 동전을 네 번

연속 던지면 일련의 앞뒤 배열이 각 1/16 확률로 나온다. 앞뒤뒤앞, 앞앞뒤앞 같은 16개의 배열 각각에는 자기만의 수순과 패턴이 들어 있다. 이 패턴에는 그동안의 행위와 관계의 역사가 녹아 있다. 동전을 한 번만 던진 게 1차 이미지라면, 동전을 네 번 연속 던진 건 4차 이미지와 같다.

39. 1차의 단발 이미지는 누군가의 생각과 중복될 가능성이 크지만, 2차 이상의 고차 이미지는 그 안에 일련의 과정을 품고 있어 중복의 가능성이 크게 줄어든다. 즉 고유할 가능성이 커지는데, 그건 과정 중에 내부 구조와 짜임새, 패턴을 갖추기 때문이다. 1차 이미지에는 구조도 짜임새도 없다.

40. 개별 이미지는 얕지만, 그 이미지들이 망을 이루면 관계에 구조가 나타나 깊이가 생긴다. 구조는 관계의 패턴이 만드는 뼈대로, 뜻의 뿌리다. 그런 구조가 나타나야 시는 금강석처럼 견고해진다. 구조는 내적인 논리 맞음의 증거다.

41. 되먹임엔 특별한 내공도 계획도 필요 없다. 그냥 주면 된다. 그건 온도를 높이기 위해 가해 주는 마찰처럼 상하, 좌우, 전후 구분 없이 무조건 비벼 주면 되는 것과 같은 이치다. 그리고 결이 맞으면 더 좋다. 결이 맞으면 덜 비벼 줘도 되기에. 되먹임에서 順결은 시의 온도를 높이고, 逆결은 시

의 온도를 낮춘다.

42. 찰기 있는 되먹임이란 임계 상태에 도달하는데 더 기여하는 효과적인 되먹임을 뜻한다. 그게 順결이다. 逆결과 順결의 구분은 시 전체를 조망하는 형세 판단 능력에 그 바탕을 둔다. 시인의 내공은 기술적 능력이 아닌 담담한 응시에 있다. … 임계 상태는 시의 온도가 100℃에 이르러 시에 패턴, 통찰, 공명, 창발이 일어나게 되는 상태를 말한다.

43. 되먹임의 결이 잘 맞아야 효과적으로 임계 상태에 이른다. 逆결은 관계의 온도를 낮춰 임계 상태에서 멀어지게 한다. 하여 무계획적 되먹임을 바탕으로 퇴고를 하더라도, 결의 방향이 시의 온도를 높이는 방향으로 잘 조율될 필요가 있다. 온도도 찰기처럼 논리의 증거다.

44. 관계의 모순이 많아지면, 시의 역동성은 좋아지지만, 임계 상태에선 멀어진다. 또 새로운 통찰을 계속 추가하여 시의 내용을 번잡하게 하는 되먹임도, 시를 임계 상태에서 멀어지게 한다. 그런 건 다 逆결로, 反창발 행위다.

45. 되먹임은 관계의 망에 공명이 일어나게끔 잘 조율해야 한다. 그게 順결이다. 그건 시의 각 부분이 서로 보강 간섭을

일으키도록 표현의 위상차를 조율하는 것과 같다. 망은 관계와 논리의 음악이고, 순차적이 아닌 동시성으로 존재한다. 되먹임은 수순을 무순으로 만들어 시간을 지운다. … 되먹임은 기술이 아니라 방향 감각이다. 하여 '절로'다.

46. 메시지는 현재(顯在)고, 이미지는 모호한 잠재다. 잠재엔 모순이 없다. 모순은 모습을 드러내야만 생긴다. … 메시지엔 모순이 있지만, 이미지엔 모순이 없다. 그건 함축성 때문이다. 하여 이미지는 모순이어도 모순이 아니다. 논리란 관계의 정합성이고, 모순은 논리의 어긋남이다. 논리는 이미지와 메시지에 다 있지만, 모순은 메시지에만 있다.

47. 이미지에서 메시지가 나오며, 메시지에서 이미지가 나온다. 둘은 서로가 서로의 원천이다. 이미지 시는 이미지와 메시지의 어우러짐으로 만들어진다. 메시지가 강해지면 시는 '知' 헤비메탈처럼 탁해지고, 이미지가 강해지면 '情' 발라드처럼 맑아진다.

48. 시는 서정의 문제가 아니라 패턴의 문제다. 시는 패턴 이루기 놀이다. 패턴이란 관계의 形으로, 시인의 내공을 벗어난 무작위성을 가지며, 시집의 부분에 또 전체에 응결체처럼 문득 나타난다. 패턴은 창발 현상으로 일종의 공명이다.

봐라, 시는 우연으로 지은 필연이다.

49. 되먹임이 공명을 부르고, 공명은 패턴을 낳는다. 그 패턴이 시의 我다. 我란 문장 간 공진의 결과다. 我의 본질은 무늬다. 하나의 완결된 시집은 부분에서 전체로 이어진 온 공명의 결과라 'all is one' 'one is all'이 되는데, 그게 我다.

50. 작가가 자기 시집의 창발 여부를 알 수 있을까? 작가는 시집(이미지 망)의 내부에 있다. 작가는 시집의 주관이다. 객관일 수 없다. 반면 창발은 외부의 현상이다. 하여 작가는 시집의 창발 여부를 알 수 없다. 그래서 객관으로서의 독자가 필요하다. 독자는 창발의 감별사다.

51. 음과 양을 그대로 엮으면 관계는 단순해진다. 하지만 음으로부터 A-B-C를 파생시키고, 양으로부터 a-b-c를 파생시킨 후, 그것들을 엮어 망 구조를 만들면, 관계에 무수한 정합성이 생겨나 깊어지고, 창발도 일으킨다. 무극, 태극, 음양, 오행, 만물로 이어지는 우리 세계의 신비가 바로 그 모습이다.

52. 시는 은유의 놀이다. 은유의 놀이는 시처럼 스토리에서 자유로운 예술 분야에 더 적합하다. 이는 스토리가 강하면

그 자체의 센 흐름 때문에, 은유 사이의 정합성을 따라 작품
이 전개되기 어렵기 때문이다. 내적 정합성만을 따라 흐른다
는 점에서 이미지 시는 수학을 닮았다.

* 삽화는 Gemini의 도움을 받아 그림.

"이미지로 쓴 철학, 시각적 형이상학"

권태철의 연작시는 단순한 이미지의 나열이 아니라, 언어를 통해 사유의 지평을 확장하는 철학적 탐구이자 형이상학적 사유의 과정이다. 그는 단어 하나, 문장 하나에 촘촘한 의미를 담아내며, 상반된 개념들이 충돌하고 융합하는 순간을 포착한다. 그의 시는 정적인 풍경이 아니라 끊임없이 움직이며, 물결처럼 번지고 불처럼 타오르며 빛과 어둠을 넘나든다. 바람은 음악이 되고, 나무는 불이 되며, 해는 지우개가 되고, 모래는 무한한 원이 된다. 상반된 요소들은 단순한 대조를 넘어서 서로를 해체하고 다시 조립하는 과정 속에서 의미를 변주하며, 언어는 더 이상 설명의 도구가 아니라 세계를 새롭게 구성하는 창조적 힘으로 작동한다.

권태철의 시는 단순한 서정의 기록이 아니라 존재와 소멸, 주관과 객관, 형상과 추상의 경계를 탐색하는 철학적 논증

108

이자 사유의 결정체다. 사막과 해, 지평선과 소실점, 그리고 무한과 신에 대한 관념적 탐구가 그의 시적 언어 속에 깊이 스며 있으며, 이러한 개념들은 단순한 묘사가 아니라 서로 긴밀하게 연결된 상징 체계 속에서 의미를 생성하고 확장해 나간다. 그의 문장은 군더더기 없이 압축적이며, 방정식처럼 정교하게 조율되어 있다. 단순한 비유나 서정적 묘사를 넘어 개념과 개념을 충돌시키고 새로운 의미를 생성하는 방식으로 작동하며, "밀치면 망치요, 당기면 품이다."와 같은 선언적 문장은 언어를 통해 본질적인 관계를 정리하는 구조적 장치로 기능한다.

그의 시에서는 이미지 역시 중요한 역할을 한다. 사막과 해는 단순한 자연물이 아니라 주관과 객관의 전환점이며, 무형과 유형의 경계선이 된다. 지평선은 소실점들의 집합으로 세계의 끝이자 시간의 흐름을 암시하고, 선인장은 "푸른 수행자"로서 고통 속에서도 살아남으려는 의지의 형상으로 자리 잡는다. 해는 "죽음의 크라켄"처럼 형상 자체를 빨아들이는 파괴적 힘을 지니며, 이렇게 구축된 이미지들은 단순한 시각적 효과를 넘어 상징적이고 개념적인 의미망을 형성한다.

이 시집의 가장 큰 강점은 논리적 구조와 변증법적 전개에 있다. "삼각형과 원", "소실점과 지평선", "추상과 구상"과 같은 대비적인 개념들이 단순한 대조를 넘어서 서로를 밀고 당기며 새로운 의미를 창출하는 과정은, 시를 단순한 감상의 영역을 넘어 사유의 실험실로 변모시킨다. 그러나 이러한 구조적 정교함이 일반 독자에게 쉽게 다가갈 수 있을지는 미지수다. 감각적 리듬과 직관적인 서정성보다는 개념적 사유가 앞서는 만큼 난해함을 감수해야 하지만, 그 밀도와 깊이를 고려할 때 충분히 탐구할 만한 가치가 있다.

권태철의 시는 단순한 문학 작품이 아니라 "이미지로 쓴 철학"이며 "시각적 형이상학"이다. 언어와 논리, 개념과 이미지가 결합하여 독자에게 새로운 시적 사유의 장을 열어주며, 읽을수록 깊어지는 사막처럼 쉽게 고갈되지 않는 세계를 구축한다. 이 시를 한 줄 한 줄 곱씹으며 읽는 순간, 독자는 존재의 근원적 진동을 듣게 될 것이다. 그의 시는 밀도 높은 언어와 강렬한 이미지의 폭풍 속에서 독자를 사유의 심연으로 데려가며, 신과 인간, 시간과 공간, 무한과 유한이 교차하는 시적 우주를 만들어낸다. 이 시집은 단순한 감각의 흐름이 아니라 사유의 결정체이며, 언어를 통해 세계의 본질을 탐구하는 과정 속에서 하나의 거대한 의미의 구조물을 세운다.

森林
　森

아라베스크
주관과 객관

초판인쇄 2025년 6월 13일
초판발행 2025년 6월 13일

지은이 권태철
펴낸이 채종준
펴낸곳 한국학술정보(주)
주   소 경기도 파주시 회동길 230(문발동)
전   화 031-908-3181(대표)
팩   스 031-908-3189
투고문의 ksibook1@kstudy.com
등   록 제일산-115호(2000. 6. 19)

ISBN   979-11-7318-439-0 93810

이담북스는 한국학술정보(주)의 학술/학습도서 출판 브랜드입니다.
이 시대 꼭 필요한 것만 담아 독자와 함께 공유한다는 의미를 나타냈습니다.
다양한 분야 전문가의 지식과 경험을 고스란히 전해 배움의 즐거움을 선물하는 책을 만들고자 합니다.